画给孩子的自然通识课

森林，树木参天啊

童心　编绘

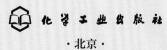

化学工业出版社

·北京·

图书在版编目（CIP）数据

森林，树木参天啊 / 童心编绘 . —北京：化学工业
出版社，2024.8
（画给孩子的自然通识课）
ISBN 978-7-122-45623-6

Ⅰ . ①森… Ⅱ . ①童… Ⅲ . ①儿童故事 – 图画故事 –
中国 – 当代 Ⅳ . ① I287.8

中国国家版本馆 CIP 数据核字（2024）第 094346 号

SENLIN，SHUMU CANTIAN A

森林，树木参天啊

责任编辑：隋权玲　　　　　　　　　　装帧设计：宁静静
责任校对：李露洁

出版发行：化学工业出版社（北京市东城区青年湖南街 13 号　邮政编码 100011）
印　　装：北京宝隆世纪印刷有限公司
880mm×1230mm　1/24　印张 1½　字数 15 千字　2024 年 8 月北京第 1 版第 1 次印刷

购书咨询：010-64518888　　　　　　　售后服务：010-64518899
网　　址：http://www.cip.com.cn
凡购买本书，如有缺损质量问题，本社销售中心负责调换。

定　　价：16.80 元

目　录

桫(suō)椤

棕榈

猛犸象

开花被子植物

蕨类

原始人

森林从哪里来

大约在35亿~33亿年前，海洋中出现了一种细菌。这种细菌后来发展成了能进行光合作用的生物，例如蓝藻。

古生代寒武纪生命大爆发，在数百万年的时间里，生命种类迅速丰富起来。这时期的物种包括三叶虫等。

古生代时期，海洋中的某些生物逐渐适应了陆地环境，并开始"迁移"到陆地。为了能在陆地上生存，它们演化出了茎来支撑身体，长出根来固定自己，并发展出细管来吸收养分。

经过漫长的演化，这些植物长成了小树苗，并形成了更加复杂的植被。

等到古生代后期，高大的蕨类植物和其他一些早期植物种类组成了最早的森林。

来到新生代，因为气候变化，出现了适应不同环境的植物种类，如巨杉和棕榈树。后来，随着气候的降温，森林里又出现了栎树、槭树、山毛榉树等早期开花植物。

现在，森林不仅美化了世界，也为人类提供了赖以生存的氧气，它们的生长和变化深刻影响着地球环境和人类生活。

蜻蜓

木贼

蓝藻

红藻

三叶虫

35亿~33亿年前　　　　15亿~5.7亿年前　　　寒武纪　　　5亿4200万年前　　　古生代　2亿5100万年前

树木是怎么繁殖的

　　树木没有脚，不能随便走动，需要风儿和小动物们的帮忙才能实现繁殖。

动物授粉

　　有些树木的花儿色彩鲜艳，气味芳香，它们通过吸引昆虫、鸟儿和蝙蝠等小动物来传播花粉。

风媒授粉

　　有些树木的花儿很小，气味也很淡，昆虫和鸟儿很少光顾，它们依赖风的力量，将雄蕊的花粉吹散播撒到雌蕊上，完成授粉。

❸ 随着时间的推移，幼芽长出了几片真正的叶子。

❷ 大约几周后，胚芽发育成两片嫩叶，见光后胚芽、子叶变绿，根系更发达了。

大树成长记

❶ 种子落入泥土中，在适宜的温度、湿度等条件下，过一段时间就会发芽、生根，长出小苗。

树木传粉后，会结出果实。每当果实成熟，整个森林都热闹起来。瞧，睡鼠们吃着核桃，几只松鼠在搬运榛子，鸟儿们在抢食浆果……有的果实落入河流被冲走了，有的被风儿吹走了……于是种子们被带往各个地方。

🌿 榛树授粉示意图

❹ 等冬天快来时，小树苗进入休眠。这时强壮的小苗看似静默，实则为春天的爆发蓄积攒聚力量。

❺ 等到温暖的春天到来，有的小树苗可能因为各种原因（如寒冷、疾病、干旱等）死亡，幸存者则继续生长。当树苗长到一定高度，并开始形成明显的树干和树冠时，就可以被认为是"树"了。

❻ 慢慢地，小树长成了大树，它们开花、结果，又开始了新一轮繁殖。

奇妙的光合作用

植物能够生长，离不开一种自然现象——光合作用。

光线
（能量）

吸收养分

气孔在白天张开，叶片里的水分会通过气孔蒸发，这个过程称为蒸腾作用。大树通过树干把汁液从根部吸收上来，输送到树枝和叶片。汁液里含有从土壤中吸收到的营养成分，通过叶脉被送到叶子的各个部分。

水分

氧气

叶脉

叶脉输送

生存的食物

树木虽然没有嘴巴，但和人类一样，它们能够找到并"制造"食物。这种食物包括能量和营养物质。

制造能量

白天，叶片通过气孔吸收空气中的二氧化碳，在叶绿素的帮助下，利用光能，将二氧化碳和水转化为氧气和糖类。这个制造能量的过程被称为光合作用。

双管齐下

树木的食物主要来源于通过光合作用在叶片中制造的糖类和淀粉，此外还有通过根部从土壤中吸收的矿物盐和其他营养物质。

树干输送

汁液

矿物盐

水

漂亮的叶子

形状各异的树叶

　　就算是同一棵树，也找不到两片完全相同的叶子，这是为什么呢？因为每片树叶的生长环境、接受的阳光照射、吸收的二氧化碳的量以及叶脉的分布都不尽相同，所以叶子会有各种各样的形状。

🌱 树叶凋落

叶子变色的奥秘

　　很多树叶都是绿色的，这是因为叶片里含有一种叫叶绿素的色素。不过，每当秋天来临，气温逐渐降低，叶绿素就会逐渐减少，这时叶片里的其他色素开始显现，比如胡萝卜素、叶黄素、叶红素、花青素等，在这些色素共同作用下，秋天的森林呈现出五彩斑斓的景象。

树叶为什么会凋落？

　　其实，只有部分阔叶树会在秋天落叶。因为秋天的日光一天天减弱，树木的光合作用效率降低。当运输水分和养分的导管在每片叶子的基部关闭时，叶子无法吸收到水分和养分，最终会干枯、脱落。这是树木为了适应寒冷季节、减少能量消耗的一种生存策略。

树干的秘密

树干为什么是圆的？

自然界里的生物通过遗传和进化来适应环境。树木也是其中之一。因为圆形的树干不仅有利于水分、养料的传输，还具有强大的支撑力，可以支持起结满果实的树冠。同时，圆形树干能够减少风的阻力，从而有效地躲避风沙，保护树皮不受伤害。所以树干长成了圆的。

树木的生长要靠树皮下的韧皮部来输送养料，通过树干中的木质部输送水分。如果树皮受到损伤，树木可能会因为无法得到足够的营养和水分而受到影响。

这棵树多大了？

树被砍伐后，我们会发现树干里有许多圈圈，这些圈圈叫年轮，代表了树木的年龄。一般年轮有多少圈，树木就有多少岁。

长寿的树

不同的树，寿命不同。在美国加利福尼亚州生长着一棵狐尾松，名叫"玛土撒拉"，其树龄已超过了4850岁！

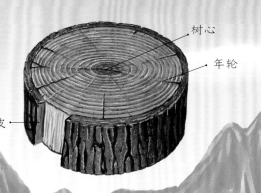

树心

年轮

树皮

白色蛀虫

大树生病了

寄居的害虫

树木上寄居着许多害虫，它们是树木生病的主要原因之一。

勤劳的树医生

一群啄木鸟飞来，为病树治疗——它们一刻不停地帮大树捉虫子，一条条寄生在树皮下和树干里的害虫被啄木鸟揪出来吃掉。

啄木鸟

大树"发烧"了

最近，科学家用一种红外测温仪对一棵生病的树进行测试，发现病树也会出现体温升高的现象。健康的植物们平时通过叶面蒸发水分来调节体温。当树生病后，树内的热量无法正常散发出去，树自然就会"发烧"了。

森林的非凡本领

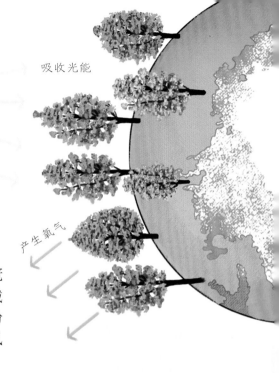

吸收光能

产生氧气

生产氧气

没有氧气，人类就无法生存，而这种珍贵的气体几乎都由植物通过光合作用生产。它们吸收空气中的二氧化碳，释放出氧气。森林里植物繁茂，空气中氧含量高，堪称"大氧吧"。

过滤空气

树木利用茂密的树冠阻挡大风，利用叶面的绒毛和蜡质层捕捉和吸附粉尘，从而输送凉爽的微风和洁净的空气。

森林报警

森林中，许多树木都可以当作天然的报警器。每当大气被严重污染时，它们的叶或花就会出现异常，提醒人类要保护环境。

保持水土

树根通过其庞大的根系网络深深地扎在泥土里，所以大树能很好地稳固土壤，防止水土流失。

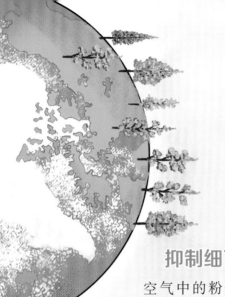

降低噪声

声音在传播过程中，遇到森林中的密集树木会被吸收、反射和散射，所以到达人们的居住地后，噪声会降低很多。

吸收有害气体

一些特殊树种还可以吸收大气中的有害气体——二氧化硫。不同的树种吸收能力有所不同，一般来说，阔叶树如垂柳、臭椿、枫树等吸收能力较强，而针叶树相对较差。丁香、刺槐等树木也是吸"硫"高手！

抑制细菌

空气中的粉尘携带着各种病原菌，而一些树木都能分泌出杀菌素，比如紫薇、松柏、法国梧桐（三球悬铃木）等，这些杀菌素能够杀灭或抑制空气中的病原菌，保证人类可以呼吸到干净的空气。

一条超级长的食物链

老鹰

小鸟

什么是食物链呢？简单说就是在大森林里，一种生物吃另一种生物，它们之间形成的通过食物连接起来的链状结构就叫食物链。

第一级 生产者

食物链的第一个环节叫生产者，通常是植物。
如树木（果实）、草等。

把动物尸体、粪便和落叶、枯木等分解成营养物质，回归土壤，从而使植物更加茂盛。
如细菌、蚯蚓、昆虫等。

第三级 分解者

蛇

第二级 消费者

野兔　鼠　蚂蚱

狐狸　蛇　小鸟

老虎　老鹰

如果环境受到污染，有害物质会进入这个食物链，并在生物体内积累，最终会危害到人类自己。

昆虫

蚯蚓

蘑菇

草

野兔

狐狸

寒冷的北方森林

北方森林，也叫泰加森林。它在北半球绕了一圈，从加拿大北极地带一直延伸至西伯利亚，面积很大，约占全世界所有森林的三分之一。

由于气候寒冷，这里主要分布着多种针叶树，如松树、云杉等。此外，北方森林还少量地分布在北美西部，那里的树种主要为产树脂树木以及桦树、桤木、杨树等几种阔叶树。

寒冷的北方森林是一个独特而重要的生态系统，对于全球气候和生物多样性都有着深远的影响。

快乐的动物居民

很多人认为寒冷的北方森林里不会有动物生存，其实大错特错，这里有许多珍贵物种，它们不但会巧妙地度过寒冬，而且平时的生活也很有乐趣。

交嘴雀

交嘴雀的喙非常奇特，上下交叉，可以紧紧咬合。有了这种喙，交嘴雀可以更方便地咬碎云杉、松树和落叶松的球果的壳，吃掉里面的果仁。

狼

狼有时单独行动，有时成群捕食。当食物严重短缺时，它们也会勉强吃些浆果和蘑菇充饥。

猞猁

夜晚降临时猞猁才出来活动。它行动十分隐蔽，就连设陷阱捕捉的猎人都很少见到它。

棕熊

棕熊是北方森林里最大的杂食动物。它最爱吃蜂蜜，为了吃到蜂蜜，经常会惹到蜜蜂。

驼鹿

成年驼鹿的个头比最高的马还高。在春季和夏季，这种素食哺乳动物每天大约会吃掉25～30千克的食物，包括树枝、叶子、灌木以及花草等。

美洲雕鸮

美洲雕鸮是北方森林里最常见的大型猛禽之一。它们常常把蛋产在别的猛禽废弃的巢里。

黑熊

黑熊虽然看起来笨笨的，实际却很灵活。它们很会游泳和捕鱼，还是攀登好手。不过黑熊的视力很差，所以平时它们只能靠敏锐的嗅觉寻找食物。

西伯利亚虎

西伯利亚虎（东北虎）的皮毛是虎类中最厚的，这可以抵抗西伯利亚严酷的低温。除了在黎明和黄昏捕食，西伯利亚虎还喜欢在夜间捕食鹿、野牛等大型动物。

貂

貂个头和一只猫差不多，长着尖尖的牙齿，发起脾气来很凶猛。

驯鹿

驯鹿只吃植物，凡是能找到的植物它们都吃。当雪将植物覆盖后，它们就吃可以够得到的树枝。

松鸡

雄松鸡的尾巴又长又大。在繁殖期，雄松鸡会对着雌松鸡不停地炫耀，不断发出"咯吱"声，十分滑稽有趣！

球果植物王国

球果分成3代：头一年的球果、正当年的球果和第2年即将脱落的球果。

云杉

云杉的成年树高30～50米，最老的树甚至高达70米。云杉的球果呈长圆柱形，通常在秋季成熟。圣诞节时，云杉因其挺拔的身姿和翠绿的针叶常常被砍伐下来作为圣诞树，点缀房屋。

落叶松

落叶松是唯一一种秋季会变黄并落针的针叶树。它很耐寒，喜欢高山的干燥空气和强光，讨厌阴凉，不怕日晒。落叶松的球果呈圆柱形，成熟后会自然脱落。

云杉球果

云杉

欧洲越橘树

欧洲越橘一整年都不会落叶，常成片生长，开出白色或粉红色小花，其果实成熟时蓝黑色，是一种营养丰富的浆果。

欧洲越橘树

落叶松

落叶松球果

欧洲越橘树果实

北方森林气候寒冷，一年中大部分时间是冬季，所以林中常常覆盖着厚厚的积雪。在这样寒冷的环境中，植物们以各自的方式适应并生存下来。每当气温回升，积雪消融，它们便以充满活力的身姿、五颜六色的花朵和果实装点着短暂的夏季。

赤松果实

赤松

赤松

赤松是欧洲和亚洲松树中的一种。它们外形高大，树皮为橙褐色，高可以达到45米，寿命极长。

矢车菊

矢车菊

矢车菊不仅是一种观赏植物，还是一种蜜源植物。它拥有美丽的花形、丰富的花色、芬芳的气息、顽强的生命力，深受人们喜爱。

山莓

山莓的果实成熟后可以食用或酿酒；根有活血散瘀、止血的功效。

醋栗

醋栗是一种抗寒的小浆果，果实营养丰富，味道酸甜可口，既可以生吃，又可以加工成果酱、果酒、罐头等，别有一番风味。

醋栗

山莓果实

山莓

醋栗果实

你了解球果植物吗

球果植物的意思是长着球形果实的植物。它们的特点是树冠呈尖顶形。

球果植物为什么不怕冷呢？

首先，球果植物的叶子又细又小，呈针状或鳞状，这样能很好地耐寒抗旱。其次，球果植物能分泌出一种不会冻结的汁液，也叫树脂，大大提高了耐寒性。所以，即使是冬天，北方森林也是一片绿意。

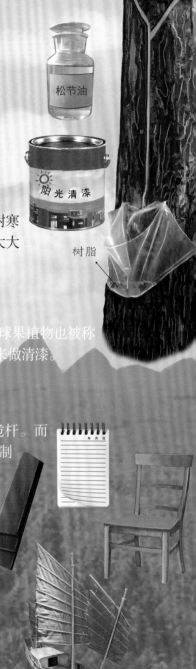

松节油

阳光清漆

树脂

神奇的树脂

球果植物的树脂黏稠、不冻结、有强烈的气味，因此球果植物也被称为"产树脂的植物"。例如落叶松的树脂产松节油，可用来做清漆。

用途广泛的木材

以前，人们用球果植物坚硬且耐久的树干作帆船的桅杆。而今，松树常被用来制造地板、护壁板；雪松和紫杉被用来制造家具；普通的球果植物树种也被用作木柴或制作纸浆。

球果和天气

当天气干燥时，球果的鳞片会打开。当天气潮湿时，鳞片会微微闭合。如果即将有雨，这些鳞片会完全闭合，防止种子被淋湿。

🌱 球果和天气的关系

欢迎来到温带森林

想要去森林里旅行？那当然要去既不冷也不热的温带森林啦！

温带森林广泛分布在欧洲、美国东部、中国西部和澳大利亚等地，不管你从哪里出发，都不会太远哟！

温带森林四季分明，气候宜人，既无严寒亦无酷暑。在这片浩瀚的绿意之中，参天的古木交织成穹顶，遮天蔽日，仿佛大自然亲手绘制的宏伟画卷。脚下是绵软的落叶铺成的小径，每一步都踏出了与自然和谐共鸣的节奏。

春日里，新生的嫩叶逐渐展开，将森林点缀得生机勃勃，空气中弥漫着清新与泥土的气息，令人心旷神怡。夏至时分，绿叶浓密，光影斑驳，清凉的小溪潺潺流淌，为炎热的天气带来一丝丝凉爽。秋风起，层林尽染，金黄、火红交织成一幅绚丽的画卷，漫步其间，仿佛走进了一幅活生生的油画。冬季，则是银装素裹，静谧而庄严，展现出别样的宁静美。

在这片生命的乐土上，无数小精灵穿梭其间，为森林添上了几分灵动。聪明伶俐的松鼠忙碌地储藏食物，交嘴雀用它那独特的交叉喙轻巧地啄食坚果，而夜幕降临，神秘的猞猁悄无声息地在林间巡游……每一声鸟鸣、每一次微风拂过树梢，都是大自然最美妙的乐章。

果实可以吃的树

山毛榉

山毛榉的树干笔直挺拔，高度可以达到40米，能活250~400岁。山毛榉的树干和叶片容易受到大风的影响，同时也可能受到虫子的侵害。而它的果实是许多小动物们的食物。

栎树

栎树是一种粗壮且长寿的树，生长缓慢，可以活到上千岁，有的能活2000岁。栎树的果实（橡果）是猪最爱的食物。

栗树

栗树喜欢温暖的阳光，很怕冷。它可以长到30米高，能活好几百年。它的果实（栗子）也是几个聚在带刺的壳斗里，等秋天成熟后，不仅动物们喜欢吃，也是人类的美食。

朴树

朴树是一种热带和亚热带地区的树种，高度可以达到20米，树皮灰褐色，光滑不开裂。许多小动物和鸟儿都特别喜爱吃它的果实。

美丽的鲜花地毯

董菜

董菜喜欢生长在潮湿阴冷的灌木丛中，因此大家很难发现它。

温暖湿润的温带森林是植物的天堂。每当春季来临，各种花儿草儿争抢着生长、绽放。

风信子

春天一到，风信子就会在林中绽放，宛如一块蓝紫色的地毯。遗憾的是，它们十分娇嫩，一摘下来就会凋谢。

洋地黄

洋地黄粉红色的花十分漂亮。但请注意，其叶子和根部含有剧毒。

铃兰

每当五一劳动节临近时，铃兰就会开出白色的钟状花，花香四溢。不过，铃兰的某些部位含有毒液，如果不小心折断，千万不要误食。

雪花莲

在冬末初春，当大地还残留积雪时，雪花莲就已经开出了白色的花朵，因此，它是温带森林里最早开花的植物。

群居的鹿

鹿的鹿角高高耸立，样子显得很高傲。雄鹿需要广阔的森林来生存和进食，它们尤其喜欢吃幼苗、小树和嫩树皮。

分群生活

平时，雄鹿和雌鹿生活在不同的鹿群。每当遇到危险，首领会立刻发出警报。

鹿妈妈

雌鹿在春季产下小鹿。小鹿刚出生时不能站立和跑动，鹿妈妈每次出去寻找食物前，都会把小鹿藏在高高的草丛里，生怕宝宝被狼抓去。

白唇鹿

白唇鹿的毛非常美丽，远远望去就像穿了一件漂亮的袍子。它们一大群一大群地生活在一起，只有到了夏季，雌鹿才会带着小鹿与雄鹿暂时分开。它们总是紧张地望着四周，稍微有点动静就会奔跑起来。

白斑鹿

白斑鹿出生时有一身红棕色的毛，上面散布着白色的斑点。等小鹿能走动时，它会紧紧跟随鹿妈妈一起行动。快一岁时，雄性白斑鹿的头上开始长出两只又短又小的鹿角。

雄鹿大战

秋季是鹿的繁殖季节。为了争夺雌鹿，雄鹿常常会进行激烈的搏斗。

在森林里行走时一定要小心，因为许多小动物的家就在柔软浓密的草丛里，它们有的温驯，有的却很危险。

小心！别踩到它们

刺猬

刺猬经常出没在森林中，因为那里有很多美味的蚯蚓。所以如果到森林中，一定要小心不要踩到它，否则，它身上的大约5000根刺，会让人的脚底受尽折磨。

脆蛇蜥

人们看到脆蛇蜥时，总以为是一条蛇，其实它是一种没有脚的蜥蜴。脆蛇蜥很温顺，几乎不伤害人类，所以大家也不用那么怕它。

蝰蛇

蝰蛇家族成员众多，且都有一个共同点——头上有醒目的"V"形图案。蝰蛇常常出没于潮湿的林边，因为那里有它们喜欢吃的青蛙和蜥蜴。

蝾螈

蝾螈有时会在陆地生活，有时也会钻进水中过几天。某些种类的蝾螈其带有黄斑点的黑皮肤能分泌一种毒液。不过，这种毒液不是用来伤害人类的，而是保护它们自己的。

长藤

树木王国——热带雨林

　　热带雨林是地球上最古老、最广阔的森林，分布在赤道两侧，那里雨水充沛，气温很高。热带雨林里有世界上最大的树和最丰富的动物、植物资源。

板状根

　　热带森林中有许多高大的乔木。它们为了不被狂风暴雨摧毁，纷纷发育出强大的根系来稳固自己。比如，有的在树干和侧根之间形成扁平三角形的板状根，向四周延伸，有的会长到几米高，远远望去就像一座座高墙。

板状根

望天树

望天树是热带雨林的代表树种。它最高可达60米，树干笔直，不分杈。板状根支撑着高大的树体。

印度榕树

印度榕树的植株非常庞大，它的根系总是尽一切力量向地表扩张、延伸，盘旋交错，形成蛛网般的板根。

橡胶树

橡胶树的树干内有一种白色汁液，经过加工可以制成橡胶。

红树

红树

红树生长在海湾淤泥中。这种树的繁殖非常特别，无需风或动物的帮助，种子直接在树上发芽，等长出茎和叶，成为幼苗时就纷纷脱落，掉进淤泥里，然后慢慢长起来。

炮弹树

热带森林里有一种树，它的果实又圆又大，外壳坚硬，重量可达8千克，人们把这种树叫作炮弹树。

绞杀植物

在热带雨林中，有一种残酷的植物竞争方式——绞杀。最著名的绞杀植物是绞杀榕，它发达的气生根如同绳索一般，紧紧缠绕在其他植物上，最终将对方绞杀。

走入神秘的生物天堂

雨林顶层

雨林顶层也叫突出层，常常是穿出树冠的高大乔木的领地，有的高可达70米，这里生活着许多鸟儿和昆虫。

树冠层

树冠层位于地面上10~40米之间，茂密的树冠好像顶篷，有很多附生植物。

下层林

下层林包括灌木和地被植物，位于地面上0~10米之间，光照少，阴暗潮湿，生活着许多小动物。

鹦鹉

大猩猩

蕉鹃

黑猩猩

海芋

木奶果

鹤鸵

变叶木

珊瑚蛇

天堂鸟

雨林里还有一种美丽的精灵——天堂鸟。它的羽毛像绸缎一样光滑，尾巴像长长的金丝，两肋的羽毛像金纱般耀眼，远远望去，就像一朵盛开的花儿。

蕉鹃

蕉鹃喜欢成群活动。它们常常聚集在高高的树冠上，虽然飞行动作很笨拙，却能灵活地攀缘于树冠的枝叶中。

海芋

海芋也叫滴水观音，因为它宽阔的叶片上常常往下滴水而得名。

鹤鸵

鹤鸵是一种不会飞的鸟，它体形十分惊人，高可达1.8米，重可达60千克，长着又长又尖的趾甲，十分好斗。

亚历山大女皇鸟翼凤蝶

它是世界上最大的蝴蝶之一，双翅展开可达28厘米。

天堂鸟

巨嘴鸟

亚历山大女皇鸟翼凤蝶

蛩蜍

紫蔺

大王花

眼斑冢雉

火烧花树

茅膏菜

巨大的亚马孙热带雨林

南美洲的亚马孙雨林是世界上面积最大的雨林。那里动植物种类繁多，生活着许多土著人，并形成了许多很原始的部落。

树懒

紫蓝金刚鹦鹉

吼猴

吼猴

吼猴（群居）能够发出极为响亮的叫声，这种叫声在雨林中能够传播相当远的距离。

犰狳

犰狳有一身独特的保护甲。

海豚

蜂鸟　海牛

巨型睡莲

巨型睡莲的叶子巨大无比，可以为水生生物提供遮蔽和栖息地。

巨型睡莲

穿山甲

貘

美洲野猪

食人鱼

食人鱼非常凶猛，它们成群结队活动，能很快将大型猎物撕碎。

鳄鱼

美洲豹

食人鱼

欢迎来到亚马孙热带雨林！

欢迎来到地中海森林

地中海森林的面积相对较小，主要分布在地中海沿岸地区。这片独特的森林主要由常绿硬叶林和灌木丛组成。地中海森林气候特点鲜明，夏季炎热干燥，冬季则温和多雨。在这样的气候条件下，森林里的乔木和灌木演化出了独特的生存策略，比如拥有较小、较厚的叶子，以应对水分流失问题。

芳香四溢的大花园

地中海森林有各种各样的植物，每当花儿开放，一阵阵香气扑来，如同来到了一个美丽的大花园。

地中海松

地中海松的树干不是斜着就是弯弯曲曲的。

圣栎

圣栎在森林里很常见，它的叶子冬季也不会凋落。

意大利五针松

意大利五针松远远看去，很像一把大大的太阳伞。

染料木

金黄色的染料木在阳光下星星点点，十分漂亮。不过，千万不要轻易地去采摘，因为许多染料木不仅有刺，还有毒呢！

迷迭香

迷迭香有浓郁的香味，传说，古代匈牙利女王最喜欢用迷迭香泡澡了。

仙客来

仙客来生长在潮湿的灌木丛里，植株有毒。

染料木

不怕热的动物

地中海森林里的动物虽然种类不多，但它们都有一个共同的优点：不怕热。

靴雕

靴雕很有家庭责任感，当幼雕还很小时，雄雕出去觅食，雌雕保护雕宝宝。如果巢穴暴露在阳光下，雕妈妈就展开大大的双翅，保护着孩子。

蝉

蝉喜欢吸食树汁，它们常常一整天一动不动地待在树枝上，在闷热的天气里，雄性的蝉会发出刺耳的鸣叫声。

蜥蜴

蜥蜴喜欢阳光，它们经常在阳光下晒太阳，所以温暖、光照充足的地中海有很多很多蜥蜴。

埃及獴

埃及獴披着一身灰褐色长袍，行走在丛林里。它们从不挑食，凡是可以找到的食物都会放进嘴里。

埃及獴

瑞香花

赫曼陆龟生活在松林和丛林里。

雨林的尽头
——稀树草原

在热带雨林的边缘地带，地面上的树木较为稀疏，这种生态环境被称作稀树草原。那里树木稀疏，草类生长茂盛且高大，气温常常维持在20℃以上。

金合欢

金合欢树是稀树草原上的标志性景观之一。

长颈鹿

长颈鹿非常胆小，不管是进食还是饮水，它们都会时刻保持对周围环境的观察。

斑马

斑马是集体生活的群居动物，它们相互照顾，共同对抗敌人。

大象

大象的长鼻子不仅能摘树叶，还能爱抚宝宝，攻击敌人。

犀牛

犀牛鸟常常落在犀牛的身上啄食寄生虫，犀牛很乐意它们这样做。

野兔

野兔常成群居住在洞穴里。

猎豹

每当猎豹妈妈捕猎时，小猎豹们通常会留在安全的地方。它们会观察并学习妈妈的狩猎技巧。

非洲狮

非洲狮以凶猛和强壮著称，是草原上的顶级猎食者。

很有名气的森林成员

\∨ 块菰

\∨ 牛肝菌

\× 撒旦牛肝菌

鬼笔鹅膏菌

×

地衣

地衣是一类特殊的共生体，由真菌和藻类共同组成，而不是单纯的植物。它们生长在树干或石头上，没有根、花、叶、茎，颜色有绿色、灰色、橙色等。地衣生长缓慢，有些老树上的地衣长长的，就像巫婆的头发一样。

\× 鸡油菌

\∨ 牛舌菌

蘑菇

蘑菇不是植物，是真菌类。不是所有的蘑菇都能吃，有的是珍稀的野味，可有的毒性很强，误食会中毒甚至死亡。

认识蘑菇

菌盖
菌环
菌柄
菌托
菌丝体

北风菌 \∨

× 毒蝇鹅膏菌

× 不能吃的蘑菇
\∨ 能吃的蘑菇

苔藓

苔藓喜欢阴暗潮湿的地方，在北半球，苔藓经常长在树的北面。所以，如果我们在森林中迷了路，观察树上的苔藓，就可以帮助我们大致判断方向了。

羊肝菌

\× 猴头菌

\× 喇叭菌

森林是人类的好朋友

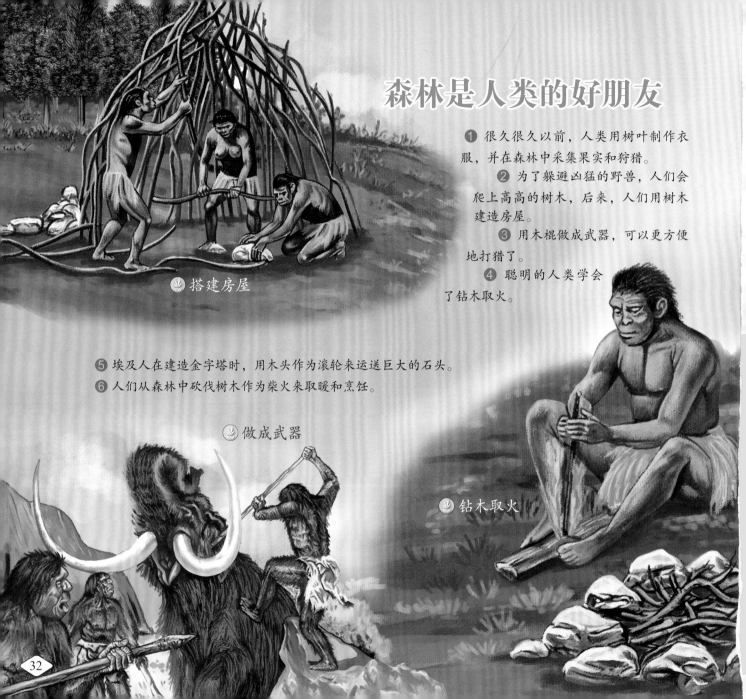

1. 很久很久以前，人类用树叶制作衣服，并在森林中采集果实和狩猎。

2. 为了躲避凶猛的野兽，人们会爬上高高的树木，后来，人们用树木建造房屋。

3. 用木棍做成武器，可以更方便地打猎了。

4. 聪明的人类学会了钻木取火。

5. 埃及人在建造金字塔时，用木头作为滚轮来运送巨大的石头。

6. 人们从森林中砍伐树木作为柴火来取暖和烹饪。

搭建房屋

做成武器

钻木取火